气象文化丛书

小记抒怀

XIAOJISHUHUAI

谢璞

（一）

图书在版编目（CIP）数据

小记抒怀（一）/ 谢璞著. -- 北京：气象出版社，2015.2
（气象文化丛书）
　　ISBN 978-7-5029-6098-8

Ⅰ．①小…Ⅱ．①谢…Ⅲ．①诗集－中国－当代②对联－作品集－中国－当代Ⅳ．①I217.2

中国版本图书馆CIP数据核字(2015)第042429号

Xiaoji Shuhuai
小记抒怀（一）
谢璞 著

出版发行：	气象出版社		
地　　址：	北京市海淀区中关村南大街46号	邮政编码：	100081
总 编 室：	010—68407112	发 行 部：	010—68409198
网　　址：	http://www.qxcbs.com	E-mail：	qxcbs@cma.gov.cn
责任编辑：	吴晓鹏　陈蕊	终　　审：	阳世勇
封面设计：	燕彤	责任技编：	吴庭芳
印　　刷：	中国电影出版社印刷厂		
开　　本：	889mm×1194mm　1/32	印　　张：	5.75
字　　数：	143千字		
版　　次：	2015年4月第1版	印　　次：	2015年4月第1次印刷
定　　价：	58.00元		

本书如存在文字不清、漏印以及缺页、倒页、脱页等，请与本社发行部联系调换

目 录

自序

主篇

- 003　以海燕名义赋 七绝
- 005　再赴西柏坡 七绝
- 006　调研一则 七绝
- 007　思友 七绝
- 008　支部书记培训 七绝
- 009　四秋歌
- 010　秋雨思 七绝
- 011　偶遇 七绝
- 012　朋友聚会有感
- 013　送小丰一词 七绝
- 014　送三花 七绝
- 015　再赴山西 七绝
- 016　观卫星发射 七绝

小记抒怀

017　赴国家著名艰苦站 卜算子
018　谈花论木亦情趣 七绝
019　发帖 七绝
020　阴霾破 钗头凤
021　应小屈诗句 五言
022　乘高铁 七绝
023　感悟述职 七绝
024　元旦回家路 清平乐
025　新年好 忆秦娥
026　坐听述职 七绝
027　参加局长会 七律
028　慰问途中 卜算子
029　初雪 蝶恋花
030　佳人有约 七律
031　借主席北戴河一词 浪淘沙
032　无题 七绝
033　在上海航天和西安航空 清平乐
034　天人怨 忆秦娥
035　临兰亭集序 清平乐
036　十六字令三首
037　潮州韩江 浪淘沙
038　十二钗 念奴娇

040	雅安芦山	如梦令
041	雅安行	七律
042	闲赋	
043	将赴南京	七绝
044	秦淮河	
045	沙漠之星礼赞	七律
046	古夏津	清平乐
047	齐鲁大地	五言
048	梦	七绝
049	茶饮	七绝
050	感往日时光	如梦令
051	送友人小苏	忆秦娥
052	石象湖	七绝
053	甘孜藏区行	
055	再进师大学堂	七律
056	感	清平乐
057	画中景	五言
058	偶得	
059	正道行	七绝
060	酒香	七绝
061	无题	七律
062	沙湖	七绝

小记抒怀

小记抒怀

063　登六盘山　五言
064　学习总书记讲话　如梦令
065　借曲抒怀　七绝
066　十六字令三首
067　又是八月八　七律
068　玉渡山　卜算子
069　秋光　七绝
070　怀念李黄
071　应德平【秋】致好友　如梦令
072　孤独吟
073　又吟孤独　七绝
074　览一届以来中央领导人物　清平乐
075　题门前景　五律
076　珠江夜　七律
077　小蛮腰　五言
078　秋雨回家路　清平乐
079　中秋　水调歌头
080　喜得莎子佳作
081　赣之行
083　福建乡间　七绝
084　到东山岛　七律
086　东山晨曲　七绝

087	闽之趣（其一）
088	闽之趣（其二）
089	闽之趣（其三）
090	闽之趣（其四）
091	秋分菊韵 七绝
092	落叶拼图 五言
093	国庆 沁园春
094	应玉彬思母 七绝
095	郊外农舍 清平乐
097	假日私语
098	飞赴重庆 七律
099	中山古镇 如梦令
100	长江和嘉陵江汇水 七绝
101	再赴新疆 忆秦娥
102	雾'埋'京城 七绝
103	秋凉 七绝
104	回应建捷 五言
105	等菲菲回家 虞美人
106	生日 如梦令
107	赠友 七绝
108	霜降节气 七绝
109	我们不……

110	和玉彬【玲珑塔情怀】虞美人
111	沙地榆 七绝
112	小聚 如梦令
113	和小丰【午间散步-秋色】五言
114	秋情
115	漫步植物园
116	应建捷【借秋景】七绝
117	答长诗及七绝 七绝
118	无题 七律
119	望眼松花江 七绝
120	改玉彬词 七绝
121	徽风皖韵 清平乐
122	七彩云南 七律
123	感恩节 五言
124	寒潮 七绝
125	溯风起 忆秦娥
126	绍兴新昌 七律
127	会动的清明上河图 西江月
128	平安夜 清平乐
129	微信圈 五言
130	2014最后一天 七律
131	观开心麻花剧 菩萨蛮

132　盼雪 七绝

133　大寒 七绝

134　无题 七绝

135　夜入长安 菩萨蛮

136　晓 清平乐

137　春饮红茶 如梦令

138　小顾福州和柘荣 七律

139　情人节 七绝

140　无题 七绝

副篇

143　与友对联

148　讲红楼

149　话秋景

150　忆秦淮

151　在粤东

153　在陕南

154　在海南

155　在雅安

156　在南京

157　在宁夏

小记抒怀

158　在福建
159　在重庆
160　在云南
161　在新疆
162　在天津
163　随笔

自序

时光流逝,五十有几;
趋于淡定,修养怡情;
忙闲不定,移情笔墨;
自由随感,做点闲篇;
谓之小记,或事或物,
未及定调,信手偶得;
谓之抒怀,或人或景,
亦无设框,畅舒情怀;
词赋形式,是以为学;
短句手笔,是以为辅;
加以时日,汇集成册;
赠友雅正,留己自娱。

主篇

以海燕名义赋

2011.8

鸟巢黄昏　　炽热激情振动山林
广场拂晓　　静寞云霞挂上天边
神奇梦想　　凝华聚焦宝贵瞬间
气象同仁　　携手进军艰难战场
华夏我辈　　兴邦报国乐在其中
北京胜利　　举国同庆喜笑颜开
建功报捷　　身膺重任涕流满面
追寻玉质　　古代风流彬彬济济
谋求大同　　当今豪杰众众生生
奥运国庆　　红梅竞艳花开二度
经验传承　　茉莉芬芳飘逸三载

小记抒怀

丰硕果实　启迪智者拥有遐想
真实情感　诱发仁者返璞归真
无韵小赋　旨在暗含各位名讳
非辙即吟　确想标明今日主题

* 北京奥运会后第三年，相关参与者齐聚怀柔

七绝

再赴西柏坡

2012.4

又逢春景花色多,
携手同上西柏坡。
精髓更促现代化,
我辈丹心报家国。

* 北京市气象局干部再赴西柏坡学习

七绝

调研一则

2012.5

春末更显翠叠峰，
驱车西向走基层。
便有结伴同行趣，
安知人家意何同。

七绝

思友

2012.6

昏忙无静何时闲,
恰似多日未谋颜。
虽有小触车辕里,
难耐幽思上心田。

七绝

支部书记培训

2012.9

秋光水影翠叠峦，
聚首贤达学无边。
国色书香皆自恋，
谁比胸中大自然。

四秋歌

2012.9

秋日私语
秋月无边
秋波澹澹
秋水伊人

* 偏爱秋景觅秋词

小记抒怀

七绝

秋雨思

2012.11

人已入位心未宁，
纷忙依旧道无行。
暗忖秋雨催伤感，
竟是诸君不了情。

＊调中国气象局计财司工作数日

七绝

偶遇

2013.5

未想家女裹粉衫,
风情暗品样自别。
纵是纷繁不相顾,
却有庭园偶一瞥。

* 园中遇熟人

朋友聚会有感

2013.5

未及初衷明义之小聚；
竟是少长老友之咸集；
虽无丝竹管弦之盛况；
却有一觞数语之情怀；
美哉！快哉！

七绝

送小丰一词

2013.6.7

信汛急雨考小丰,
天象要事又相逢。
静坐钓台修正气,
不信竿上只秋风。

* 钓台——会商室　要事——高考

七绝

送三花

2013.8

圣洁雪山展空灵,
格桑小草含羞情。
踏足又现高原地,
信手拂去天上云。

＊回忆三位同仁同去过青藏,遂送予她们

七绝

再赴山西

2013.9

人说山西好风光，
注定太行和吕梁。
悠记酒染桃花面，
何时还有醉时光。

* 想到同事酒醉时

小记抒怀

七绝
观卫星发射

2013.9

秋风瑟瑟依岢岚,
翘首卫星冲云天。
小星推手现代化,
憧憬油然满胸间。

＊第三颗"风云三号"气象卫星在山西发射成功

卜算子
赴国家著名艰苦站

2013.10

隔窗心飞扬，
辗转成为客。
雪白沙黄高原蓝，
小楼庭院落。

日间频问天，
夜来守寂寞。
漫道无名气象人，
谁人能比过。

* 黑龙江漠河、内蒙古拐子湖、西藏当雄艰苦站

七绝

谈花论木亦情趣

2013.10

众花出妍有园丁,
十月先开岭上梅。
层林满目期栋梁,
松竹常咏乃为丰。

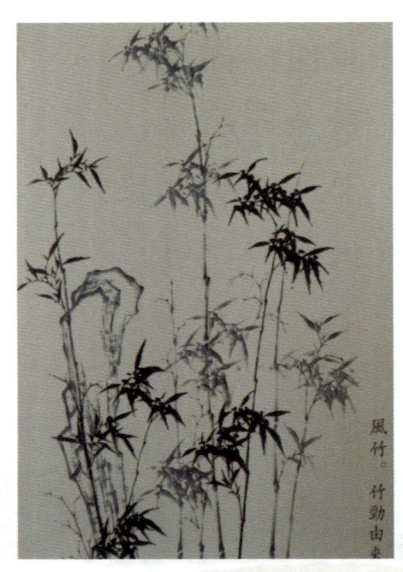

* 藏尾应名

七绝

发帖

2013.11

欣闻小丰宴好友，
正值宋词书在手。
趁兴操刀填个词，
奉道酒菜问君好。

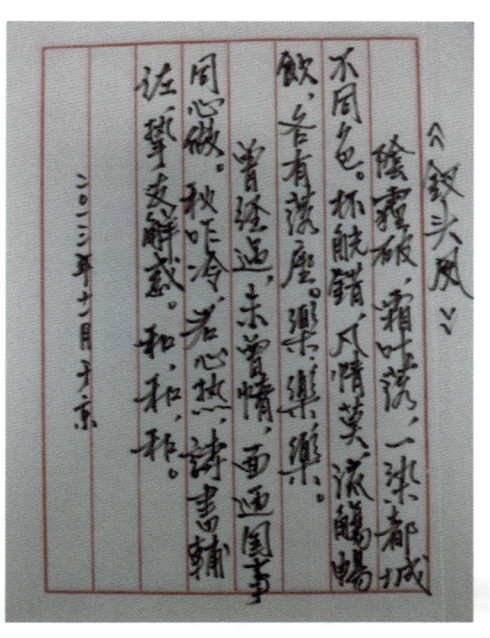

* 为赴宴作钗头凤一词，并发贴

小记抒怀

钗头凤

阴霾破

2013.11

阴霾破,霜叶落,
一染都城不同色。
杯觥错,凡情漠,
流觞畅饮,各有落座。
乐、乐、乐。

曾经过,未曾惰,
面迎国事同心做。
秋咋冷,君心热,
诗书辅佐,挚友解惑。
和、和、和。

* 闻小丰宴好友所做

五言

应小屈诗句

2013.11

朝临萧瑟风,
晚秋落叶丛。
若有悲秋意,
确是心不同。

小记抒怀

七绝

乘高铁

2013.11.15

独乘高铁赴中原,
更胜往日空中盘。
正是闲来提几笔,
何不将把消息传。

* 赴郑州路上

七绝

感悟述职

2013.12

丢手闲杂忙述职，
敢问光阴应有迟。
倘若推心平日里，
何须侃侃在此时。

小记抒怀

清平乐

元旦回家路

2013.12.31

朔风阵阵,
翘首梨花现。
新桃总比旧符艳,
一元复始求变。

慢步紫竹园林,
回眸烂漫舞民。
敢叫时光小驻,
又现小友笑颦。

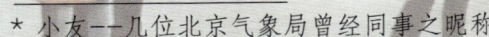
＊ 小友——几位北京气象局曾经同事之昵称

忆秦娥

新年好

2014.1.1

新年好,
又是一年冬雪少。
冬雪少,
乃天情愫,不应有恼。

期许苍穹示爱了,
自问人间同携手?
同携手,
是人智悟,更崇和好。

七绝

坐听述职

2014.1.7

坐视同僚聚京城,
听懂真言心底明。
述尽人间奇妙语,
职漂乏实难道行?

* 藏头应题

七律

参加局长会

2014.1.9

诸侯又聚云云哉,
一项主题抛出来。
求变问改何以动,
不由再思求英才。
遥想气象风随雨,
活力总会把手拍。
今朝恃勇涉深水,
还看眼界和胸怀。

* 改革议题

小记抒怀

卜算子

慰问途中

2014.1.25

碧海映云天，
依桅去小岛。
极目怡然向天边，
暂避污尘扰。

去年踏山川，
今想涉海角。
小职难比情使然，
真愿基层好。

* 赴舟山群岛岱山

蝶恋花

初雪

2014.2.7

仙女未眠悄然到,
水袖抛盐,疑似天明早。
卷帘目迎银光照,
不觉睡意消尽了。

雪花扑面方知俏,
踏雪留痕,此画正入道。
久已未视天晴好,
心头已然报春晓。

七律

佳人有约

2014.2.11

春意随风破隆冬，
佳人有约却不恭。
美食美女皆秀色，
含羞扑向花丛中。
三巡酒浸香腮粉，
醉眼隔窗月明中。
室间尽飘花之语，
笑她嘲己心总通。

* 怡情浅酌数佳人

浪淘沙

借主席北戴河一词

2014.2.12

暮霭笼幽燕，
苍烟遮天。
秦皇岛外找渔船。
没有汪洋仍不见，
不问谁边。

冷眼看今年，
快马加鞭。
上下内外有新篇。
春风逐冬仍旧是，
暖在人间。

小记抒怀

七绝

无题

2014.2.14

如花美人隔云端，
雾里探花亦成难。
依稀往梦惟笑靥，
洗妆不褪淡红唇。

* 美女们，情人节快乐！

清平乐

在上海航天和西安航空

2014.2.23

步出楼院,
一撇琐事件。
喜着工装场间转,
精尖高端我赞。

沪上捧出寰星,
阎良放飞神鹰。
营建九州利器,
齐佑国运昌通。

小记抒怀

忆秦娥

天人怨

2014.2.26

天人怨,
长日帝都人遮面。
人遮面,
嘈杂依旧,顿失光艳。

未料日暮西山远,
暗叹晨曦何处见。
何处见,
无声月夜,城美人恋。

＊北京连续雾霾天气

清平乐

临兰亭集序

2014.3.8

文房四件，
一纸铺上案。
习书临帖图精练，
朦胧笔风墨韵。

书圣素有情怀，
意形合一雄才。
吾非附庸风雅，
醉心入墨留白。

小记抒怀

小记抒怀

十六字令三首

2014.3.12

忙,
自问何时见老王。
又暗忖,
同样对小梁。

忙,
都问时光去何方。
略回首,
凡事对时忙。

忙,
光阴为此消磨光。
还思量,
生活有篇章。

＊ 老王、小梁为小友

浪淘沙

潮州韩江

2014.3.15

恶溪打渔翁,
泊舟水中。
独有浮桥两岸通。
步上桥头凭栏处,
鳄渡秋风。

远望金山松,
记忆韩公。
谪贬不屈有奇功。
一江翻滚文之韵,
史迹粤东。

* 韩江——古称恶溪

念奴娇

十二钗

2014.3.20

楼中廊里,
十二钗,
身姿曼妙常现。
每闻笑声且停手,
抬首寻她养眼。
巧笑倩兮,
纯似小女,
焉不令人恋。
春光三月,
正直争先靓扮。

小记抒怀

巾帼不让须眉，
断案谋事，
看群芳竞艳。
国事家事皆上手，
柔情似水未变。
冰清玉洁，
聘婷秀雅，
必千金不换。
留下春色，
每每天随人愿。

* 赞计财司十二女生

小记抒怀

如梦令

雅安芦山

2014.4.10

入藏茶马古道,
窗外青山雾罩。
震灾近周年,
芦山工地劲爆。
重造,
重造,
新景平添欢笑。

* 芦山震后调研

七律

雅安行

2014.4.10

狭路洞穿石壁崖,
江雾薄处见浪葩。
青天难上奔蜀道,
雅安天漏话女娲。
夹金雪山红军花,
卧龙翠绿猫当家。
细雨轻袭除倦意,
白描人文蜀中华。

小记抒怀

闲赋

2014.4.21

微信圈地,群贤毕至。
诗情画意,皆有批示。
普及科技,传递花絮。
能人见地,惠存有益。
山风沐浴,平添花趣。
偷闲弄字,励女学艺。
断难比拟,酒色财气。
此番境地,王总全系。
君子情谊,无所顾忌。
须有闲逸,抒怀小记。

* 朋友圈中闲谈,王总——同事

七绝

将赴南京

2014.4.23

飞的将向金陵城,
未临秦淮叹惊鸿。
夜泊酒家灯红照,
烟笼涟漪只梦萦。

小记抒怀

秦淮河

2014.4.24

做客金陵,丢手闲杂。
移步妙处,风采无他。
十里淮水,朦月笼纱。
乌衣深巷,别样灯花。
夫子文庙,难去喧哗。
秦淮八艳,位卑气华。
画船摇荡,美自轻划。
夜泊南岸,乐在酒家。

七律
沙漠之星礼赞

2014.4.26

巴丹吉林起丘沙,
跨步八万无人家。
拐子湖站沙中立,
且问多少人识它。
白日孤雁未曾哀,
黑夜篝火松香发。
繁星常来去孤影,
漠荒随风卷黄花。

* 调研于沙漠中拐子湖气象站

清平乐

古夏津

2014.4.29

驱车北上,
绿林不及望。
小城夏津古时尚,
齐晋会盟要胜。

齐鲁自有先贤,
草莽令人汗颜。
山绝海美灵地,
思古论今共欢。

* 夏津——山东古镇

五言

齐鲁大地

2014.4.29

岳顶迎旭日,
东海引黄河。
古今圣贤地,
传神山海经。

七绝

梦

2014.5.2

朝霞一抹透纱帘,
阵风袭来扰晨眠。
虽醒依旧横卧榻,
只为回梦一丝甜。

七绝

茶饮

2014.5.5

清香未品已神游,
谁言惟酒解消愁。
何须浅碧淡黄色,
自是饮中第一流。

小记抒怀

如梦令

感往日时光

2014.5.21

往日时光一曲，
俄国风飘韵起。
难去袅回音，
珍藏记忆犹喜。
轻叙，
轻叙，
音画已然醉己。

＊听"往日时光"一曲偶得

忆秦娥

送友人小苏

2014.5.30

今赴宴，
欲举千杯意不倦。
意不倦，
佳肴难舍，友情还恋。

蜀道蜿蜒身渐远，
芙蓉苏氏花常现。
花常现，
处处沃土，贤人无叹。

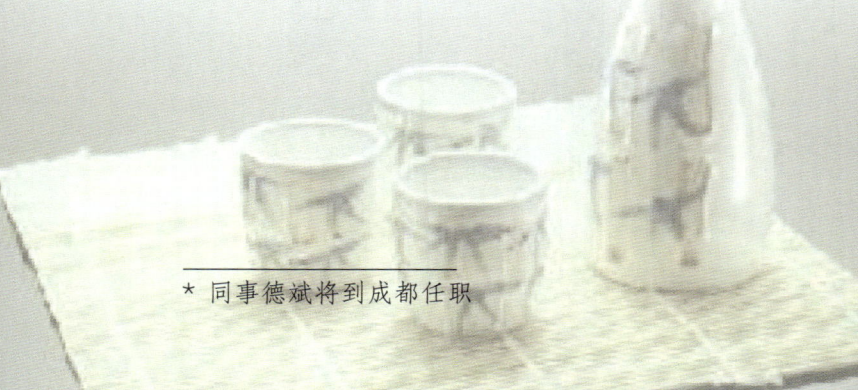

＊同事德斌将到成都任职

小记抒怀

七绝

石象湖

2014.6.10

烟雨水墨小舸行，
罂粟倚绿有楼亭。
期许斜阳偏又雨，
一舍光艳看画型。

＊雅安高速路旁

甘孜藏区行

2014.6.12

茶马古道,车辕急行。
神游已久,藏地梦萦。
大渡河湍,铁索桥横。
小廓泸定,红色成名。
细雨悄潜,不夜康城。
情歌入耳,声如凤鸣。
炉霍险胜,当处不惊。
地称八美,小景亦丰。
道孚小镇,灵动物生。
锅庄跑马,古迹民风。
蜿蜒长路,恰似蛇弓。
高原草甸,牦牛牧坪。
康巴文化,探究无穷。
藏家小女,别样风情。

小记抒怀

蓝天云上,一展空灵。
苍穹可触,已净心胸。

七律

再进师大学堂

2014.6.23

晨曦裹身步学园,
木铎金声越百年。
精师风范学行统,
静坐堂中仰前贤。
文化之根诗经觅,
何如地位民俗缘。
又问人本食与色,
每每儒师且放言。

---
* 干部素质学习

小记抒怀

清平乐

感

2014.6.26

抬眼望处,
天山好放牧。
茶马古道尘未落,
又踏丝绸之路。

常慕秀美河山,
绝景俱在疆边。
身守陋室心远,
谁晓诺大空间。

* 甘孜刚回,又抵新疆

五言

画中景

2014.6.28

入疆已双日,
开会不出城。
处处有美景,
均来墙画中。

* 来新疆后尚未出门

小记抒怀

偶得

2014.7.2

多情夏日，
感性雨天，
不知伊人何在？
曼妙旋律，
伤柔歌声，
总是独者落泪。
不朽画卷，
沁心书香，
惟有知者垂爱。

* 雨天音画

七绝

正道行

2014.7.8

晨醒卷帘天不清,
多情夏日难为情。
何当历任风和雨,
天人合一正道行。

* 盼风雨

小记抒怀

七绝

酒香

2014.7.13

金樽斟溅既酒家,
醇香散溢不服花。
怎知醉饮英姿在,
最美香腮泛红霞。

七律

无题

2014.7.16

宁心远眺山多娇,
夏火风懒顿然消。
旅行千地情未尽,
程鹏万里竞逍遥。
美哉塞上无怜泪,
不亚江南源古谣。
胜境未失浑然气,
收揽名诗两英豪。

---

* 藏头诗,赴宁夏
名诗——"满江红""六盘山"

七绝

沙湖

2014.7.17

清湖色暖苇随风,
暮染金沙驼队行。
小舟荡波鸥翔起,
贺兰守望水生情。

* 沙湖中所见四景

五言

登六盘山

2014.7.17

天高风清至,
蜿蜒盘六山。
云淡掩映翠,
目下尽游仙。

如梦令

学习总书记讲话

2014.7.24

习大话语成册,
全党研读渐热。
正道何以求?
国梦已初着色。
学做,
学做,
焉能敷衍而过。

＊支部学习会

七绝

借曲抒怀

2014.7.27

悠扬柔美吹弹拉,
协奏曲渡遥远家。
虽未身动心早远,
乐声乍起已思她。

* 听二胡、琵琶、竹笛协奏曲《在那遥远的地方》

十六字令三首

2014.8.2

天,
又是雾霭似苍烟。
登高望,
不见有青山。

天,
本应周末外出闲。
不得已,
姑且做宅男。

天,
时令风光在草原。
家居处,
何时天放蓝。

---
* 盛夏雾霾天有感

七律

又是八月八

2014.8.9

屈指六载有梦萦，
最是奥运总动情。
世人只视一盛会，
安知我友意随行。
可恨王总红章秀，
即日寻事再溯情。
一石波及涟漪起，
数人感怀潮难平。

* 因友人刻奥运章所作

小记抒怀

卜算子

玉渡山

2014.8.9

晨露打鞋湿,
不觉临高处。
平湖坠嵌似明珠,
翠绿盈满目。

花儿已知秋,
雀鸟独自悟。
勿言郊景不上乘,
玉渡山独秀。

＊周末郊游京郊玉渡山

七绝

秋光

2014.8.13

夜来卧听急雨声,
吹面已寒知秋风。
倾心京城新雨后,
飒飒萧萧遍秋光。

小记抒怀

怀念李黄

2014.8.15

博文述情，
读者幽思。
门前桃李，
实满花黄。
术业专精，
笔墨犹神。
话音隽永，
笑貌依存。

* 藏尾诗，读纪念李黄博文后有感

如梦令

应德平【秋】致好友

2014.8.19

秋似酒味醇厚，
往事烟花依旧。
再抚喜哀愁，
岁月红尘看透。
回首，
回首，
落英满地舒袖。

* 借用德平 "【秋】致好友" 词句所得

小记抒怀

孤独吟

2014.8.22

风萧萧兮秋雨寒，
美人咫尺兮窥红颜；
山迢迢兮春水绵，
壮士千里兮把独欢；
云蒙蒙兮夏无炎，
伊人远近兮忆情源。

七绝

又吟孤独

2014.8.22

风萧萧兮秋雨寒,
美人咫尺窥红颜。
山迢迢兮春潮水,
壮士千里饮独欢。

清平乐

览一届以来中央领导人物

2014.8.23

沧桑几许，
难数多壮举。
党史悠悠皆是曲，
九十三载风雨。

人人可谓英杰，
一经沧海意别。
环球同此凉热，
呼出治世超绝。

五律

题门前景

2014.8.24

日斜西山近,
昆玉水清流。
岸柳随风摆,
云霞各闲游。
踏绿芳香扰,
飘叶已见秋。
隔窗小景品,
好天当再留。

七律

珠江夜

2014.8.27

风起微波舞翩翩,
江上渔火恰阑珊。
花城月下蛮腰塔,
情侣缠腰偎江边。
巧遇回转不忍扰,
维以宁静丝丝甜。
此间细语如潺水,
秋江月夜胜花前。

★ 漫步珠江岸边

五言

小蛮腰

2014.8.28

蛮腰着云裳,
不仙亦牵魂。
漫步珠江岸,
陪伴少伊人。

* 小蛮腰--广州广播塔

清平乐

秋雨回家路

2014.9.2

云低日短,
急步独擎伞。
雨叩湘竹声缓缓,
顿失歌扬舞转。

秋渡雨润风凉,
凄美叶落草黄。
无须孤伤意懒,
抱得秋情梦长。

＊途经紫竹院,平日处处歌舞

水调歌头

中秋

2014.9.8

飘云掩半月，
气清光如常。
胸中已无萧瑟，
醉眼视秋黄。
莲逝空留残叶，
金花悄然匝地，
拈来秋海棠。
袅袅垂下柳，
幽幽秋水长。

烹肥蟹，
煮老酒，
不忍尝。
无端思友，
枉期有尔饮笑旁。

小记抒怀

咫尺却难谋面,
偶有佳话飘来,
问君为谁忙?
杯酒额上举,
月下皆安康。

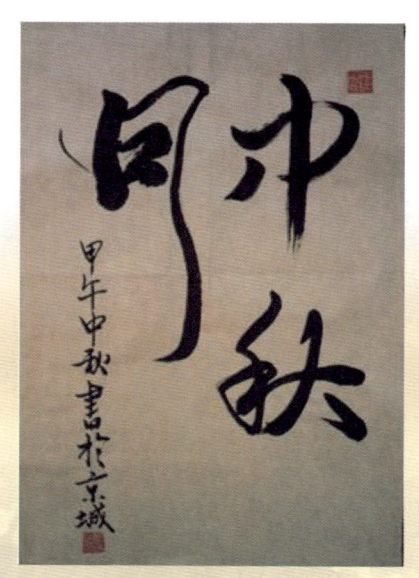

喜得莎子佳作

2014.9.12

今得佳品,喜由心生。
牡丹潮绣,书画古风。
淑女莎子,秀外慧中。
怡心巧手,术业专攻。
舌尖美味,记忆于胸。
岭南历史,惟有粤东。

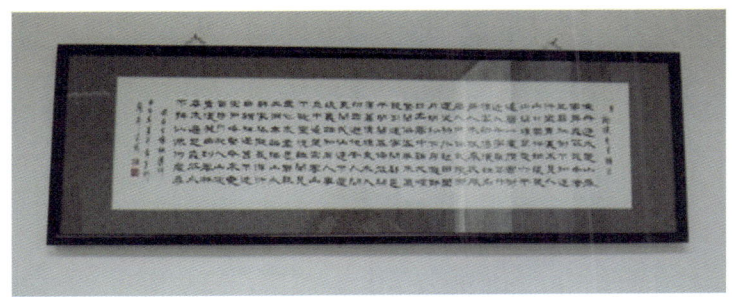

* 莎子——潮州同事

赣之行

2014.9.16

吴头楚尾,粤户闽庭。
江南西道,重镇洪城。
浪潮东滚,富水流长。
帆影点点,湖光鄱阳。
河湖交错,鱼米盈仓。
匡庐险秀,雾漫奇峰。
三清仙境,杜鹃盛鸣。
红土大地,军旗初升。
星星之火,巍巍井冈。
婺源丘岭,油菜花黄。
白墙黑瓦,徽派遗风。
传神楼宇,阁名腾王。
骈文杰作,奇才儿郎。
临川文史,诸子成名。

瓷都古窑，遥溯汉唐。
翠绿遍野，赣鄱之行。

小记抒怀

七绝

福建乡间

2014.9.16

坪间晚稻已微黄,
竹下农家溢炊香。
孩提嬉水夕阳下,
不识何处是天堂。

七律

到东山岛

2014.9.18

才捧清香竹林间,
转眼踏浪海连天。
不舍农家悠然趣,
涛声载花有新欢。
途半且尝茶食品,
抛囊落住岛东山。
窃喜夜来风徐徐,
浪波轻敲卧摇篮。

* 从江西乡间到福建东山

七绝

东山晨曲

2014.9.19

晨曦一抹远方白，
东山犹梦细浪拍。
浅滩依稀昨时印，
水天一线小船来。

闽之趣(其一)

2014.9.20

余晖竹更翠,
农舍生炊烟。
白鹅扰绿水,
居中已成仙。

小记抒怀

闽之趣（其二）

2014.9.20

信步临江岸，
悠扬歌舞时。
斑斓夜光色，
安知小城池。

闽之趣(其三)

2014.9.20

暮尽沙滩窄,
夜来涛声鸣。
跪沙捉对饮,
潮起杯中空。

闽之趣（其四）

2014.9.20

台湾海峡岸，
大陆尽南端。
倚栏平远眺，
乡愁最无边。

七绝

秋分菊韵

2014.9.23

不觉秋光已平分,
枝头菊韵孤傲群。
花团最美斜阳看,
借得冷雨洗芳尘。

五言

落叶拼图

2014.9.27

秋天故事多，
恰似秋水波。
小叶童拼画，
萧瑟亦成歌。

沁园春

国庆

2014.9.30

连山晚红,
落影碧水,
尘霾已消。
感过眼云烟,
蹉跎岁月;
城池叠茂,
山水多娇。
六十五年,
星移斗转,
欲矗全球领风骚。
迎国庆,赞秋实硕累,
红色旗飘。

改革热潮成歌,

小记抒怀

促国之上下勇赶超。
思科学发展,
党国共勉;
根除腐败,
离鞘出刀。
泱泱古国,
悠悠华夏,
文化图强气势高。
百年梦,齐登高望远,
俱是英豪。

七绝

应玉彬思母

2014.10.1

未谋容颜知和祥,
慈母胸怀无法量。
小记已抒情之切,
清心无悔应无常。

小记抒怀

清平乐

郊外农舍

2014.10.2

拒马河畔,
闻香林间转。
舍妹邀聚小农院,
暂避喧嚣一片。

远眺翠山峰奇,
近揽碧波涟漪。
何为人间山水?
静听雀鸣风徐。

假日私语

2014.10.7

欢度节日,四处芬芳。
碧空又雨,秋时秋光。
弃书旁侧,散心京城。
虽无大事,亦闲亦忙。
遥问小友,坐地何方?
居家住外,皆留清香。
长假将尽,诸事如常。
明赴重庆,下周新疆。
晚秋将至,气朗初凉。
拾得落叶,点缀红黄。

小记抒怀

七律

飞赴重庆

2014.10.8

未尽原由重庆行，
机身近地隆更鸣。
已知山城入夜美，
隔窗鸟瞰又生情。
巴山蜀水天之许，
累懒舌尖难罢停。
别号雾都何时予？
拿来换于北京城。

如梦令

中山古镇

2014.10.10

半山古镇悬挂,
家家摆货叫价。
小妇倚门廊,
茶饮黄葛树下。
闲话,
闲话,
别是一番图画。

* 重庆中山镇

七绝

长江和嘉陵江汇水

2014.10.10

两江浪滚此碰头,
入夜拂苇触水流。
忽来小鸭漂倩影,
江岸灯火晓月愁。

忆秦娥

再赴新疆

2014.10.14

天山暮，
已是叶黄深秋处。
深秋处，
林渐疏阔，叶着霜露。

西行独下援疆路，
感悟借势迈新步。
迈新步，
放眼环顾，贤才无数。

七绝

雾'埋'京城

2014.10.19

雾色苍茫看城东,
阴霾不尽仍从容。
天生一景难驱动,
无限风光系险中。

七绝

秋凉

2014.10.22

春捂秋冻老话常，
忘穿秋裤方知凉。
预报枉称天晴好，
唯恐阴霾又猖狂。

小记抒怀

小记抒怀

五言

回应建捷

2014.10.24

凌晨发对帖,
微信步漫长。
同踏球对半,
我眠尔却忙。

虞美人

等菲菲回家

2014.10.24

叩向天公借秋景,
重现美光影。
夜静悄悄已无风,
雾浓更添小巷灯朦胧。

总是昏忙回家晚,
有约暮时返。
往复踱步自家宅,
不时翘首小女夜归来。

小记抒怀

如梦令

生日

2014.10.26

转瞬五十有五,
难以事事回首。
自问好心情?
无须应有尽有。
能否,
能否,
能否欣然持久。

七绝

赠友

2014.10.28

西下斜阳山影随,
闲嬉鸟儿觅家归。
日暮深处风渐静,
一枝独绽三朵梅。

* 静、梅友之名

小记抒怀

七绝

霜降节气

2014.10.30

落木小林泛深红,
秋尽水生雾霭浓。
独步池边临霜打,
都解秋韵味无穷。

我们不……

2014.10.30

我们不喜萧瑟,心中都保守一片秋色。
我们不总年轻,心中都保守一份青春。
我们不断奔跑,心中都保守一个驻站。
我们不为名利,心中都保守一种责任。
我们不在身旁,心中都保守一丝记忆。
……

我们不是完人,心中都保守一些完美。
我们不是诗人,心中都保守一番诗意。

虞美人
和玉彬【玲珑塔情怀】

2014.11.2

黄昏旁坐玲珑塔,
斑驳留青瓦。
随风落叶晓深秋,
夕阳渲染塔韵未曾休。

黄绿且让红枫色,
凄美轻飘落。
拾得一片惹心扉,
生息不绝思绪已难挥。

七绝

沙地榆

2014.11.5

大漠苍茫秋时分，
寂寥孤榆总傲魂。
根深无惧凄凉状，
生命怒放独报春。

* 沙地榆——沙漠中一种榆树

如梦令

小聚

2014.11.6

小友邀约同聚,
再叙往日情意。
兴奋悄无言,
萌心已然飞去。
同趣,
同趣,
把酒三杯不醉。

五言

和小丰【午间散步-秋色】

2014.11.7

家景本平常,
柳黄曲径旁。
秋水覆影静,
心畅诗飞扬。

小记抒怀

秋情

2014.11

天高云淡，
秋色无边。
清香把盏，
岂肯独欢。

漫步植物园

2014.11.7

西霞倒影,
镜湖人家。
繁叶稍去,
尽显金花。
林间燕雀,
无意恋家。
赚得闲逸,
独享秋华。

小记抒怀

七绝
应建捷【借秋景】
2014.11.8

一首诗赋一片心,
一番劳作一家亲。
居家即赏秋光影,
当下怡心胜黄金。

七绝

答长诗及七绝

2014.11.9

长诗作罢又七绝,
忧思不断难言别。
五十几载流光逝,
未解乡愁添心结。

七律

无题

2014.11.11

色重洒来不温柔,
心上有秋自然愁。
谁人摘得红叶去,
空留孤橘吊枝头。
目垂足下红黄绿,
手捧秋实不胜收。
胸有天然无萧瑟,
相向人间皆方舟。

* 有感友人词句'谁人摘得红叶去'

七绝

望眼松花江

2014.11.11

近观松花江水流,
雾不对时凇难留。
每闻壮景心怦动,
再谋他日江城游。

七绝

改玉彬词

2014.11.11

长笛一声离丹东,
父母支边儿随从。
第二故乡居内蒙,
数载乡情不言中。

清平乐

徽风皖韵

2014.11.13

名山叠翠,
香茗沁人醉。
徽派一唱成国粹,
难断几许之最。

民居青瓦白墙,
笔墨纸砚文房。
文家商派融聚,
徽风皖韵悠长。

七律

七彩云南

2014.11.21

梅里神山雪皑皑,
金沙江湾几徘徊。
版纳雨林润多彩,
哈尼梯田叹奇才。
大理山歌飘四海,
难抹丽江小情怀。
古旱码头繁华去,
山间铃响马帮来。

五言

感恩节

2014.11.27

感时花溅泪,
恩泽溢四方。
节日念小友,
好词胜芳香。

*藏头诗

小记抒怀

七绝

寒潮

2014.11.29

近地迎面辩谁难,
登高回望若苍烟。
急急警信传寒气,
借风还我一片蓝。

* 气象警报频发

忆秦娥

溯风起

2014.11.30

溯风起,
叶恋枝头存无几。
存无几,
落下起舞,一番别趣。

光破浮沙浅映地,
高天流云不相弃。
不相弃,
秋冬本色,常来一叙。

七律

绍兴新昌

2014.12.5

名城溯源古越王,
文韵厚积不张狂。
沈园兰亭无暇顾,
落座咸亨老酒黄。
李白妙语天姥彩,
南朝古刹新昌旁。
灶头小厨清鲜味,
未曾远足已饱尝。

西江月

会动的清明上河图

2014.12.19

漫展长卷入目，
写就盛宋风俗。
活了清明上河图，
万般灵动人物。

虹桥越河衔路，
茶楼酒肆人出。
汴京闹景春复苏，
庭市绝妙深处。

清平乐

平安夜

2014.12.24

夜静升月,
冬至寒无雪。
又是一年平安夜,
何时飞来诗阕。

鲜有圣树入房,
亦无颂歌炉旁。
若能清风手捧,
捎去遥祝安康。

五言

微信圈

2014.12

佳人羞无语，
圈内静悄悄。
年底叹好累，
兴致已磨消。

小记抒怀

七律

2014最后一天

2014.12.31

劲风急催晓天明，
小球慢转难叫停。
无意周遭多捷讯，
试问谁人心绪平。
不觉提步来年跨，
初冬亟盼潜春风。
足食丰衣常人愿，
你若安好便天晴。

＊含引小友之名

菩萨蛮

观开心麻花剧

2015.1.9

久已无暇看大戏,
麻花串烧小惊喜。
娇俏佳人陪,
入夜不急归。

须摩提幻境,
中国风常景。
立意不相同,
诙谐总其中。

七绝

盼雪

2015.1.14

昆玉水静一冰池,
岸柳风过几寒枝。
忽见灰天小飞雪,
急待黄土初润湿。

七绝

大寒

2015.1.20

最末节气谓大寒,
大寒却暖放晴天。
此季岂可无杯酒,
谁人案首聚合欢。

* 谁人案首——谁来做东

小记抒怀

七绝

无题

2015.1.20

人生就是一到十,
地利人和借天时。
楼中盘坐无去处,
述职作罢来赋诗。

---

* 有人将人生归纳为一到十个状态

菩萨蛮

夜入长安

2015.1.22

周秦汉唐别来梦,
长安入夜喧嚣盛。
八百里秦川,
数千年光鲜。

碑帖难尽数,
李杜妙诗赋。
轻风载步捷,
美夜不思别。

清平乐

晓

2015.2.7

时下漫步,
浪滚金滩路。
别样清心闲独处,
凉热已难相顾。

徒手枉留时光,
淑女不丢胭妆。
无意慢些绝好,
了去庸者神伤。

* 澳洲悉尼

如梦令

春饮红茶

2015.2.10

坐畔临观茶道,
酥手杯盏叠绕。
垂目品回甘,
不识清泉几泡。
极妙,
极妙,
室香散出春闹。

七律

小顾福州和柘荣

2015.2.12

有福之州又西湖,
夜光洒来莫言熟。
茶女巧工杯托上,
正山小种闻香独。
闽东柘荣山间里,
逐一特色待名出。
晨曦此镇忽然静,
不见昨夜小年俗。

七绝

情人节

2015.2.14

时长小友老情人，
拈来今日小新鲜。
浪漫已悄未停步，
钻进圈中觅童真。

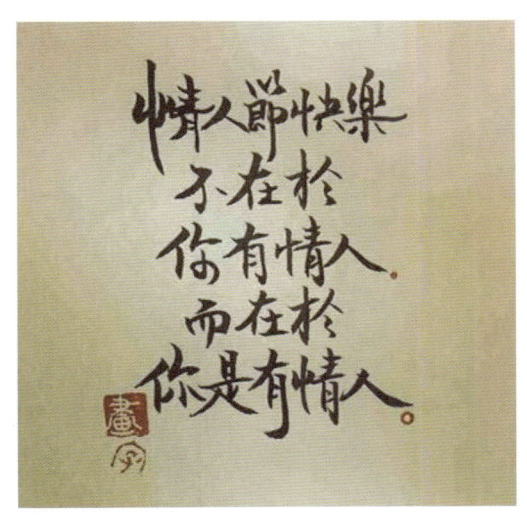

七绝

无题

2015.2.14

月明深处月影随,
两处闲愁一相思。
日朗花摆期蜂至,
爱若充盈芯化湿。

* 为情人节题做

副篇

与友对联

年芳五十不失春风媚态
岁月半百依然秋水伊人

年芳五十不失酒色财气
岁月半百依然年少英发

新年词赋忆征程
淑女才情堪妩媚

好久没喝好酒
佳时待品佳食

美不胜收人何在
乐难思乡情堪忧

小记抒怀

落日余晖映塔影
和风渡暖催枝芽

蝶兰媚眼紫砂器
雅室品茗俏佳人

雅鱼雅雨养雅女
有水有山却有灾

逍遥难比王老总
洒脱不及谢大人

风雨无意槐花落
斜阳有心小径黄

<u>强哥</u>巴粉跌破镜
<u>丁妹</u>桑巴亦暗伤

得意王老总
受累槛内人

你是夕阳无限好
我却黄昏独自愁

一石波及涟漪起
数人情动涌难收

别样对联谐趣
同是才情雅芳

古风名词吟寄语
雅趣沙画绘相思

小妮抛媚眼
一早送秋波

小记抒怀

乡近情更怯
心远地自偏

日间惜出妙语
夜深飘来佳批

秋风摘得红叶去
蓝天不弃橘枝枯

拙笔初练留存墨迹
赤章老成尽显金刀

垂钓波绿十渡水
坐看霞红九重阳

人人俱赋诗作对
句句皆达意传情

小记抒怀

祝愿于片片言词里
感恩在茫茫人海中

正值和词低吟罢
不由拇指高挑出

一丝快意不知夏
满腹愁言只对秋

经典名词易吟唱
当今好歌有绝辞

腊梅暗香催春意
兰花芳菲动幽心

题诗未名自有能人予
盼雪无期何来雪中情

讲红楼

众说纷纭红楼梦
多重视角引读家

泪尽而还皆还尽
因空见色情色空

话秋景

悦情怨情情未了
喜秋悲秋秋水长

冷光暖光皆秋光
半月圆月全明月

喜秋悲秋皆是我
赏荷叹荷总有她

一簇白菊知秋意
数颗丹心祈春风

秋光秋色秋花落
独饮独吟独自怜

忆秦淮

行舟秦淮有夜叙
面若桃花醉美人

秋光咋冷三两日
秦淮女变黄山妞

在粤东

江水轻舟渡
恶溪打渔翁

闹市展街區
韩江有浮桥

岭南历史唯有潮汕
粤东美味还存舌尖

小记抒怀

岭南画派偏爱南国重彩
独树一帜可选小园斑斓

蛮腰落影轻潜水
白云缠抚小蛮腰

在陕南

今观秦巴西流雅韵
遥想周秦汉唐古风

巴山夜雨季
晚秋落叶时

在海南

碧海银沙重彩南国景
落日椰风轻拂北方人

五指山中琼江水
何处寻觅割胶人

在雅安

酒道茶经均有赋
花心叶蔓皆散香

酒诗茶道都是赋
蒙顶山茶正清明

暮色芳草清风里
晨曦小城水雾中

在南京

日暖楼亭依然梦
踏步园中鸟惊飞

古有秦淮风流
今享排档雅趣

六朝古都展文采
各方风景在雨中

在宁夏

六盘山高两千九
长征精神永持久

暮染金沙骆驼队
斜阳水墨贺兰山

在福建

暮尽沙滩窄
夜来涛声鸣

赣闽横界疾驰越
回首平川已山中

在重庆

歌乐山下小站立
红岩岭上红梅开

坐山城 尽览美景美食美女
下站点 又知新情新事新人

在云南

五百里滇池微波荡漾
数千只海鸥展翅飞翔

抬头平望云底矮
信手拂去天上白

在新疆

今识天下天山天池美
总念故国故土故乡情

在天津

津门河沿平添滨城新景
租界小巷仍存异国遗风

随笔

北国寒梅傲雪有<u>梅</u>无雪
南疆翠竹临风稀竹渐<u>丰</u>

感时春光多妩媚
幽思晚秋落叶丛

蓝天白云风有意
青山绿水谷无声

秋风荡透千层雾
夕阳再洒八里庄

美酒美人美旋律
古筝古女古琴声

小记抒怀

灯火阑珊处
惠风和畅时

梅香竹丰静心品
天骄恃强草原王

闲时有意小景色
怡心无须大镜头

出手不凡见功底
怀揣浪漫堪比谁

依稀浑似梦
诸事且如常

花好月圆中秋月
未解乡愁更思乡

总是喜山水
偶尔恋芳香

满眼风光不识季
巧手落叶更知秋

荷塘月色
夕阳正红

高原草甸牦牛坪
翠绿当中一点红

彩云升飞黄金角
夕阳落洒帝王城

日东升清晨即起
乘高铁齐鲁飞奔

小记抒怀

懒床难识晨光色
不期白描小诗来

意犹未尽言不断
长诗作罢又七绝

倩影悄然淡去
妙音不觉袭来

福祸成败都担下
褒贬是非且由他

兰花枝挺叶茂不打蔫
花匠水浇土肥需时日

正山小种独香味
有福之州又西湖

坐室凭空想
临山已难成